भावों की भोली रेखाएं

(कविताएं मन के उन्मेषों की)

ज्योति वर्मा

ISBN : 978-81-944167-5-3

भावों की भोली रेखाएं – ज्योति वर्मा

इंप्रिंट – बुकमित्र

प्रकाशक

मार्क माय बुक

6/5, जयश्री पेड़ीवाल हाई स्कूल के सामने

चित्रकूट, जयपुर, राजस्थान–302021

वेबसाइट : www.markmybook.com/bookmitra

ई–मेल : hello@bookmitra.com, bookmitrapublishers@gmail.com

सम्पर्क : 0141-4920313 / 9660596970

प्रथम संस्करण : 2020

मेरी लेखन प्रेरणा

लिखो

दिल के तूफ़ान में लिखो,
रूह के सुकून में लिखो।
भावों को बाँध कर लिखो,
कलम को साध कर लिखो। ... लिखो!

लिखो कि उजाला आ जाए,
लिखो कि सहारा ले आए।
लिखो कि तुम योगी हो,
सिद्ध हो, नहीं भोगी हो। ... लिखो!

लिखो कि रूह गुनगुनाती है,
आस्था भरे गीत गाती है।
स्वर मेरा सदा रहेगा यही,
भले मैं चली जाऊं कहीं। ... लिखो!

लिखो कि सृजन आनंद है,
लिखो कि सत्य मकरंद है।
लिखो कि ईश्वर कहता है,
हम सब में वह रहता है। ... लिखो!

प्रेम मोहन लखोटिया

समर्पण

आदरणीय दा एवं दी को
(श्रीयुत प्रेम मोहन जी एवं श्रीमती सविता जी लखोटिया)

सूरज हैं आप,
चंदा हैं आप,
प्रेरणापुंज हैं आप!

सूरज बन जीवन में
किया है उजाला,
प्रकाश दीप हैं आप!

चाँद बन कर
मेरा अंतर छूने वाले
चाँदनी चरण हैं आप!

आपकी परिक्रमा करूं
भावों की भोली रेखाओं से,
शब्दों से परे हैं आप!

श्री चरणेषु
ज्योति वर्मा

रेखाओं से उभरते सृजन संवाद

जिस शिक्षाविद श्रीमती ज्योति वर्मा को मैं आज दो दशक से जानता हूँ, वह आज मुझे प्रिय छोटी बहिन सी लगती है सौम्य, गरिमामयी, संवेदना से परिपूर्ण, अपने विश्वास और चेतना में सुदृढ़ और जग को कोई शुभाशा सौंपने को आतुर नारी शक्ति का प्रतिनिधित्व करने वाली। मैंने उसके लेखन कृतित्व का शैशव भी देखा है और अब अनुभूतियों के पूर्ण यौवन की दीप्ति भी। वह लेखिका या कवयित्री से अधिक कृतिकार है ऐसी कृतिकार जिसके आदर्शों की भूमि में प्रस्फुटित होती है उसकी चिंतन भरी भाव-वल्लरियाँ, उसके अंतस की धूप मेदिनी में रूप गहते शब्दों के महकते सुमन गुच्छों से संपूरित हो कर।

वह गूंथ कर, गुनगुना कर, व्यंजना की लय साध कर, रचना की विन्यासीय प्रतिबद्धता के साथ कविता नहीं लिखती वरन् किसी सांवेदिक आदर्श और संकल्प-प्रेरणा के उन्मेष में कलम की नोक टिका कर लिखती जाती है सहज अभिव्यक्ति वाली शैली में। उसकी कविताएं कल्पना की कोख में नहीं पलतीं; उसकी कवितामयी दीवानगी उसकी आदर्शात्मक संकल्पना की कोख में अपना लौकिक रूप स्वरूप ग्रहण करती है।

अब तक उसकी रचनावली में 400 से अधिक कविता सादृश्य बंदिशें संकलित हो गई हैं। उनमें से चुनी गईं ये कुछ मुक्त कविताएं और अर्द्ध लयात्मक कविता शैली में अंकित हुए रचना पद सुधि और मनीषी पाठकों से स्वयं संवाद करेंगे और अपनी सार्थकता के सोपान पर चढ़ेंगे ऐसा मेरा मंतव्य है।

अब तक कई साझा संकलनों में समाविष्ट हुई ज्योति का यह प्रथम एकल संकलन प्रकाशन के बाद विपुल मर्मज्ञ और रसिक पाठकों का संवर्द्धन प्राप्त करेगा - इसका भी मुझे पूर्ण विश्वास है।

प्रोफ. प्रेम मोहन लखोटिया
भाषाविद एवं चिन्तक साहित्यकार
स्मृति, 141/ए, गणेश नगर, इस्कॉन रोड, मानसरोवर, जयपुर 302020, राजस्थान
ईमेल : bhashavidgmail.com मोबाइल : +91 982 911 1955

मेरे मन की बात

जैसा मैंने जाना भाव बिना जीवन क्या? भाव जीवन के स्पंदन हैं; अभिन्न अंग । भाव बिना जीवन केवल यांत्रिक। भाव परिस्थितियों पर, विशेषकर मन:स्थितियों पर वलंबित होने के कारण शाश्वत न होने पर भी जीवन के रंग और आभा बन जाते हैं; ीवन के दिशा बोधक भी बन जाते हैं।

मेरे सामान्य और आध्यात्मिक भाव मेरे मानस पटल पर अटखेलियाँ करते रहे हैं ौर उनमें से कुछ निस्पृह चेतना की अंगुली पकड़ कर भोली रेखाओं में अनुभूतियों की हज अभिव्यक्तियां बन गद्यात्मक लहर में कागज़ पर उतर आए हैं। उनमें मेरे पुण्य मरण भी हैं, द्वंद्व और दुविधा के मंथन भी हैं, मेरे निष्ठ संकल्प स्वर भी हैं और मन ोलती कथाएँ भी हैं। वे संपादित रूप में आप सुधि पाठकों के सम्मुख रखने का प्रयास है ह संकलन।

मेरे परम वन्दनीय 'दा' प्रोफ. प्रेम मोहन लखोटिया जी तथा मेरी 'दी' और 'दा' की ीवन संगिनी सविता जी ने मुझ पर परिचय के पहले क्षण से अतुल स्नेह रखा है। यह नका ही उदार उद्यम है कि उनके स्नेह-सौष्ठव से सम्पादित और निखरा हुआ यह ंकलन आपके सामने है। अगर वे मेरी रचनाओं के ढेर से मेरे ये अंत:स्वर नहीं चुनते तो रे प्रथम एकल प्रकाशन का स्वप्न स्वप्न ही रह जाता।

मेरे चिर आभार समर्पित करती हूँ अपनी सखा-स्वरूप शिक्षाविद डॉ. उमा कपाटिया जी को जो मेरे हर रचनात्मक चरण पर दिग्दर्शक की भूमिका निभाती रहीं; गत शक तक सक्रिय ऊर्जावान ब्लोगिंग पटल 'स्क्रैच माई सोल के उत्प्रेरक मित्रों को जेनमें दा सहित श्रीमती अम्बरीन जैदी, हनीफ़ सर जैसे प्रतिभावान उत्प्रेरक मित्रगण सम्मिलित हैं; मेरे सुपुत्र एहसास को जिसके लालन पालन में मिले जीवन के तरंगित, रित अनुभव और अनुभूतियों ने मेरे नारी हृदय को संवेदना की चेतना दी; मेरे परमेश्वर स्वरूप माता पिता एवं मुझे अबाध प्रेम के साथ उत्साहित करने वाले जीवनसखा श्री अमित वर्मा को; मेरे कर्मठ विचार प्रेरक श्री तारा पाटकर जी को और साथ ही मेरे आध्यात्मिक गुरु डॉ. इकेदा जी को जिनकी जीवंत प्रेरणा ने मुझे अगाध आंतरिक शक्ति प्रदान की जो इन रचनाओं में परिलक्षित है।

मैं कृतज्ञ हूँ उन सब मंचों और सहधर्मियों की जहां से मेरी कविताएं समय सम
पर प्रसारित होती रहीं। मंथन मंच और वहां के सहभागी मित्रों का यथा श्री मुकुल श
एवं श्री पुष्पेन्द्र राठोड का विशेष उल्लेख करना चाहूँगी जिनका इस पुस्तक के मुद्र
प्रकाशन में अपरिमित सहयोग मिला है।

ज्योति व

283, हनोगी टावर, त्रिशला प्लस होम्स, पीर मुछल्ला 140603, पंजा

ईमेल : ajyoti1972rediffmail.com मोबाइल : +91 991 413 37

अनुक्रमणिका

	पृष्ठ संख्या
मेरी लेखन प्रेरणा	I
समर्पण	II
रेखाओं से उभरते सृजन संवाद	III
मेरे मन की बात	V-VI
अनुक्रमणिका	VII - VIII
पुण्य स्मरण	**1**
माँ, देव भी, वसुंधरा भी	3–4
स्वतंत्रता का अदम्य प्रकाश	5
स्वतंत्रता स्वयं से संघर्ष	6
आज़ादी दिवस	7
गणतंत्र	8
राखी राष्ट्र प्रहरी के लिए	9
प्रजातंत्र के प्रहरी	10
द्वंद्व और दुविधा	**11**
चुनाव भटकाव के षडयंत्र	13
गुम हैं	14
दुविधा नहीं जब दम ईरादों में	15
सार्थकता प्रश्नों से परे	16
तुम ज़िन्दगी!	17
पत्र जो लिखा मगर भेजा नहीं	18
मैं हारी नहीं हूँ	19–20
मगर	21

संकल्प स्वर **23**
तटस्थ योगी सा सुमन 25–26
भावों की भोली रेखाओं से 27–28
पथ साथ का 29
नई डगर 30
यादों के झरोखों से 31
चलो, आज एक पेड़ लगाएं 32
स्वप्न और यथार्थ 33
लिखना एक सुरूर है 34
सब्र और ताक़त 35–36
छोटे छंद बोलती कथाएँ **37**
माँ ने कहा था 39
चमत्कार की छड़ी 39
मंजिल और पड़ाव 39
तस्वीर तेरी 40
कविता 40
बनो कान्हा मेरे 40
मुझे अच्छा लगता है 41
हरिनाम 42
समंदर की पुकार 43–44
मेरे बंधन मेरा दर्शन 45

पुण्य-स्मरण

माँ - देव भी, वसुन्धरा भी

माँ! तुमको प्रथम नमन!
तुम देवों का भव्य रूप,
वसुंधरा की महिमा भी!
रूप तुम्हारे हैं अनेक!

माँ! तुम दिनकर के समान!
तुम तेजयुक्त, तुम वर्चस्वयुक्त,
तुम सीमा भेद मुक्त!
करती विस्तीर्ण स्वस्थ जीवन!

माँ! तुम सर्वदा प्रभाकर सी!
तुम ऊष्मा ऊर्जा देने वाली,
तुम कर्तव्य प्रवाहिनी!
देती गति मति मन प्राणों को!

माँ! तुम चंद्रमा के समान!
निर्विघ्न विश्राममयी,
ममता, मंगल और शांति त्रयी!
प्रेरित करती हो संकल्पों को।

माँ! तुम मृत्युंजय शिव सी!
अंतस का विष धोने वाली,
अमृत बीज बोने वाली!
साधना बनाती साँसों को।

माँ! तुम वसुंधरा के समान!
तुम प्रेम भरा मंगल आँचल,
करती सृष्टि का परिचालन!
जोड़ती जीव चराचर को!

माँ! तुम सदा अतुलनीय!
तुम जननी भी, जन्म–भूमि भी,
राष्ट्र की गरिमा भी!
तुम सबके जीवन का उद्गम हो!

स्वतंत्रता का अदम्य प्रकाश

स्वतंत्रता कोई संग्राम नहीं, कोई संघर्ष नहीं।
यह तो एक उजास है;
उन्नत जीवन जीने का एक सघन सतत प्रयास है।

यह कोई जोश नहीं, कोई आक्रोश नहीं।
गौरव का आगोश है;
तप से मिले शान्ति जो उसका सच्चा आभास है।

स्वतंत्रता कोई क्रोध नहीं, कोई विरोध नहीं।
यह एक अनुपम बोध है;
यह मानवता की प्यास है; एक दिव्य एहसास है।

स्वतंत्रता आज़ाद हवाओं में उड़ने का उल्लास है।
गहन समंदर तैर पार कर
अपने घर आ जाने का साहस भरा प्रयास है।

स्वतंत्रता एक साधना है, एक सिद्ध आराधना है।
निर्भयता और स्वाभिमान का विश्वास है;
अखंड प्रभुत्व और राष्ट्र प्रेम के लिए गणतंत्र विकास है।

स्वतंत्रता ज्योति सूर्य है मातृभूमि आलोकित करने।
हम वंशज विभूतियों के,
और हममें उनके गौरव का अदम्य प्रकाश है।

स्वतंत्रता स्वयं से संघर्ष

देशप्रेमियों और शहीदों ने
दुर्गम संघर्ष किया,
संग्राम और उत्सर्ग किया,
आज़ादी छीनी आतताइयों से।

हमें मिली आज़ादी
पर संघर्ष थमा कहाँ?
समझ नहीं पाए हम
कि आज़ादी अधिकारों से ज़्यादा ज़िम्मेदारी है।

अब हर पल
मन में कुरेदती यह बात
जंज़ीरें गईं, गुलामी भी क्या गई?
हम क्या फिर से परतंत्र हुए?

उत्तर हमें ढूंढना है
अपनी दुर्बलताओं से संग्राम छूटा नहीं अभी,
स्वार्थ से नाता टूटा नहीं अभी;
संघर्ष स्वयं से जारी है सच्ची आज़ादी के लिए।

आज़ादी दिवस

कलियाँ खिली भोर में
आज नर्तित मुकुलित हो
हँसते, गाते, मुस्काते और
सौरभ फैलाते।

रंग चतुर्दिक घुले मिले
और गले लग गए,
आज प्रभा भी
सोनल रूपल हुई।

नीला अम्बर भी ऊपर से
बरसाए अमृत रस,
ताल तलय्या सरिता के
प्रवाह भी पुलकित लगें।

पूछ लिया आतुर हो
मेरे मन ने भोले भाव लिए
आज नया क्या है?
इतनी उमंग का हेतु बताओ।

सबका सह-स्वर फूटा
झरने के किलोल सा
कैसे भूल गए तुम
आज दिवस आज़ादी का?

गणतंत्र

गणतंत्र हमारा
सच्चाई की राह हो;
गणतंत्र हमारा
अच्छाई की चाह हो।

गणतंत्र हमारा
उदारता बोध हो;
गणतंत्र हमारा
सबकी समता का शोध हो।

गणतंत्र हमारा
संस्कृति का सम्मान हो;
गणतंत्र हमारा
सामूहिक स्वाभिमान हो।

राखी राष्ट्र-प्रहरी के लिए

दुर्गम सीमा पर डटे वीर वीर मेरे!
तुमको तीन रंग की राखी बांधूं मैं –
केशर – मेरा सम्मान,
श्वेत – दुआ मेरी,
हरी – तुम्हारे मेरे घर की खुशहाली।

देगी सन्देश सदा मेरी राखी।
वचन तुम्हारा स्वयंसिद्ध हो –
देश से ऊंचा कोई मर्म नहीं,
रक्षा से ऊंचा कर्म नहीं,
मानवता में इससे ऊंचा धर्म नहीं।

मेरी प्रभु से दुआ यही –
तुम रहो नेक और सदा सही;
तेजस्वी कुमकुम शीष लगे,
सबके ह्रदय रहें सद्भाव पगे,
राष्ट्र में आएं उत्थान सगे।

प्रजातंत्र के प्रहरी

प्रजातंत्र के प्रहरी बन हम
राष्ट्र–ध्वजा आज फहराएंगे।
हम भारतवासी सदा एक हैं,
यह दुनिया को दिखलाएंगे।

प्रजातंत्र के प्रहरी हैं हम,
नहीं किसी से हैं हम कम।
प्रेम हमारी ताक़त प्रतिपल,
नफ़रत में कब होता दम?

तीन रंग की ध्वजा हमारी,
वीरत्व हमारा अमन और
गति ख़ुशहाली के लिए –
सन्देश विश्व में पहुंचाएंगे।

द्वंद्व और दुविधा

चुनाव भटकाव के षडयंत्र

विश्व के सबसे बड़े प्रजातंत्र में
क्यों रचे जा रहे,
गढ़े जा रहे कुटिल तंत्र?
स्वार्थ की चादर तले
वायदों के महा मन्त्र
जो केवल दिशाहीन षडयंत्र?

जग की प्रथम प्रेरणा भूमि में
किसलिए लगाए जाएं
भटकावों के मेले,
राजनीति के दूषित खेले,
जनगण के लिए झमेले
नई चेतना के नाम?

क्या नहीं जानते
षडयंत्रों को रचने वाले
उनके करतब बिलकुल काले?
ब्रह्मास्त्र प्रजातंत्र होता है,
सोते सोते करवट ले उठता है
करता है अधम जनों को
पल में विनाश हवाले।

गुम हैं

वो अदाएं
जो उतरती थीं
अक्सर सीधी रूह में ...
गुम हैं।

वो हुनर
जो बढ़ाते थे
रिश्तों की गरिमा ...
गुम हैं।

वो शोखियाँ
जो हुआ करती थीं
शान दिलों की ...
गुम हैं।

वो अपनापन
जो बिना कहे
समझा देता था सब कुछ
गुम है।

वो ख़तों के संवाद
जो होते थे
लाज भरे सौन्दर्य ...
गुम हैं।

दुविधा नहीं जब दम ईरादों में

माना, निकल जाती है उम्र एक
पौधे को पेड़ बनाने में;
माना, हो जाता है शेष एक युग
नींव से भवन उठाने में;
माना, विविध विकल्प और कल्पना
बहकाते हमको जीवन भर।

किन्तु दमदार ईरादों के आगे
दुविधाएं सब हारा करती हैं;
वाहन रुकते नहीं गति वीरों के
पथ में रोड़े जितने भी हों;
ईश्वर तब साथ चला करता है
सार्थक यात्रा का वर देने।

हमको बस इतना ही करना है
फ़र्ज़ निभाने में रुके नहीं;
आए लाख दिक्कतें तो भी
आदर्श हमारे झुके नहीं;
जब निश्चय निश्चित होते हैं
तब जीवन विकसित होता है।

सार्थकता प्रश्नों से परे

कब पौधा इतने यौवन पर आया?
कब उस पर सौन्दर्य फूल का लहराया?
कब फूल कौन सा फल बन कर बीज बना?
किसी फूल या फल ने क्या बतलाया?
उन्हें पालने वाले माली ने क्या
इसका रखा कोई हिसाब?

माली ने सीखा उनका लालन पालन,
ममता भरा समर्पण।
माटी की उर्वर गोद संभाली,
जल से सींचा,
धूप, छांह और बयार की क्यारी रची
और स्वयं भी परवाह के प्रवाह में रमा।

ममता कर्तव्य का अविरल प्रवाह है,
यह बात प्रश्न और दुविधा की नहीं।
समर्पण अबूझ होता है।
माली के खाते में उसकी ममता
और मेहनत का हिसाब नहीं है
पर बगिया खिली खिली देख
विजय की मुस्कानें हैं।

तुम ज़िन्दगी!

तुम पल पल रुख बदलती हो ज़िन्दगी!

तुम कभी दौड़ती हो तो कभी रेंगती हो तुम;
तुम पल पल रुख बदलती हो ज़िन्दगी!

कभी छलांग पर्वत पर तो कभी डुबकी घाटी में;
तुम पल पल रुख बदलती हो ज़िन्दगी!

कभी रेत का कतरा तो कभी सीप का मोती;
तुम पल पल रुख बदलती हो ज़िन्दगी!

कभी शरारत तो कभी मुहब्बत से छूती हो,
तुम पल पल रुख बदलती हो ज़िन्दगी!

तुम अजूबा अज़ीब हो, तुम हरदम करीब हो;
तुम पल पल रुख बदलती हो ज़िन्दगी!

फ़िदा हूँ तुम पर, तुम्हें समझ नहीं पाती;
तुम दरिया दुःख सुख का निकलती हो ज़िन्दगी!

पत्र जो लिखा मगर भेजा नहीं

पत्र लिखा था याद की आगोश में
मगर तन्हाई लगी तो भेजा नहीं;
बहुत कुछ जो दिल में छुपा था
हमने दुहराया मगर लिखा नहीं।

पास आ के भी दूर थे हम;
दूर रह के भी करीब थे हम।
मन ही मन में मुस्कुरा के
फासलों को कभी मापा नहीं।

दिल में उठते ही न जाने क्यूं
बिखर गए बुने थे जो ताने बाने।
मुश्किल कश्मकश थी; जद्दोज़हद थी
पर अल्फाज़ ज्यों खो गए थे।

चुने जज़्बात और सपने मन के
उतारे हमने पाक पन्ने पर।
कहीं तुम्हें खो न दूँ इस डर में
अपना लिखा पढ़ा भेजा नहीं।

मैं हारी नहीं हूँ

इंसान बनने की कोशिश
मैं लगातार करती हूँ।
इस कोशिश के सफ़र में
कई तरह के जानवरों से मिलती हूँ।

ये जानवर होते नहीं,
बन जाते हैं अपने व्यवहार से
कभी नरक के द्वार पे,
कभी भूख भरे प्यार से,
कभी ज्ञान की चाह में,
कभी दिखावे की राह में,
कभी माया की चहचहाट से,
कभी उदासी के भंवर में।

मैं अक्सर ऐसों से दो चार होती हूँ;
इनके तांडव मुझे हताश नहीं करते;
हैरान होती हूँ इनकी माया पर,
इनकी बदली हुई काया पर।
कभी परेशां हो कर सोचती हूँ
कब तक चलेगा ऐसा?
क्या मैं इन्हें फिर से इंसान बना पाऊँगी?
मैं अभी हारी नहीं हूँ।

हाँ, कभी कभी थक जाती हूँ,
रोज रोज के दृश्यों से
आँख फेरने का मन करता है;
ये मेरे धैर्य और संकल्प की लेते हैं विकट परीक्षा;
जानती हूँ कि अभिमानियों के पास
स्वाभिमान नहीं होता।
मेरे पास है मेरा स्वाभिमानी निश्चय
और मैं अपने अन्दर के इंसान से मिलती हूँ।

फिर मुझे मिल जाता है प्रकाश
अपने ही अन्दर मैं शक्तिमान होती हूँ।
मैं अभी हारी नहीं हूँ; द्वंद्व नहीं मेरे पास।
बस नई यात्रा पर फिर से निकल पड़ी हूँ।

मगर

खुले आसमां में उड़ना और
बिना किनारों के
सागर में तैरना
मुझे भी अच्छा लगता है
मगर
कभी कभी किनारे
ज़रूरी होते हैं
किसी प्रयास को
मुकाम तक पहुंचाने के लिए।

बेलगाम हो तेज दौड़ना और
हवा के झोंकों संग
आज़ाद सा उड़ना
मुझे भी अच्छा लगता है
मगर
कभी कभी बंधन
ज़रूरी होते हैं
किसी उड़ान को
परवाज़ देने के लिए।

संकल्प-स्वर

तटस्थ योगी सा सुमन

उद्यान की पगडण्डी से जो मैं चली
विविध वर्ण रंगों के फूलों से मैं मिली।

कुछ लाल, पीले, गुलाबी थे,
श्वेत भी उनमें बहुत से थे।
कुछ खिले थे आह्लाद में झूमते से,
कुछ मायूस लटके थे किसी अवसाद में।

मुझे दुनिया का चित्र
फूलों के पटल पर दिख गया।
तब भी, एक कोने और क्यारी में
दिखा मौन, आडम्बर से परे,
शांत चित्त से किसी काम में डूबा
एक सुमन, बिल्कुल अलग।

तब रह न पाई मैं,
पूछ बैठी उस फूल से
इस उन्माद और उम्मीद से अविचलित
जगत में अकेले से कर रहे हो क्या?
तुम्हारी एकांत की
इस शान्ति का है राज़ क्या?

कहने लगा मुझ से सुमन वह
अनोखी सहजता से
जो दीखता है इस रंग मेले में
उसमें सत्य गुम्फित है।
जीवन नहीं है मात्र हंसने और रोने में।

रूप में हँसना और झरते हुए रोना
कुदरत भले हो फूल के संसार की
किन्तु ख़ुशबू और ज़िन्दगी का जोश देना
फ़र्ज़ है मेरा।

वही मैं कर रहा हूँ।
मैं शांत हूँ, मेरे कर्म में डूबा हुआ,
न ख़ुश हूँ, न उदास हूँ।
कर्मयोग मेरी ज़िन्दगी है
जिसे मैं जी रहा हूँ।

भावों की भोली रेखाओं में

मेरे भावों की भोली रेखाओं में
जीवन के कुछ सजीव चित्र मिलेंगे तुम्हें
पर आओ बात करें रंगों की।

रंगों की सीमा होती नहीं,
उनकी निस्सीम विविधता में भी;
वे जिस आभा में भी दिखें
लाल, नीले, पीले, श्वेत, श्याम,
हलके या प्रगाढ़ या सुर्ख,
मोह लेते मन को
हर रंग एक दूजे से बढ़ कर।

पर विस्मय का रहस्य है
जब रंगों से घुल कर मिलते हैं रंग,
वे बदरंग नहीं होते,
वे आते हैं एक नया वर्ण,
एक नई छटा ले कर।

रंग अकेला हो
या हो रंगों का मेला,
रंग मोह लेते हैं मन,
छा जाते हैं सुन्दरता की छवि बन।

रंग देते हैं भावों की तरंग,
गढ़ते हैं असंख्य चित्र रहस्यमय
मानव के अन्तस्थल में,
देते हैं संगीत विरोधाभास बिना।
हाँ, रंगों की कोई सीमा नहीं।

बस मानव सीखे रंगों से
विविध हो कर भी मिल रम जाना।
बना कर रंगों को भावों का प्रतीक
मानवता के सुन्दर चित्र
बना लेना अहम् के द्वंद्व बिना
शुचिता है, श्रेष्ठ कर्म है।

पथ साथ का

तुमने कही, हमने सुनी;
हमने कही, तुमने सुनी;
कहो नानक दोनों भए
सच्चे ज्ञानी और गुनी।।

दो रहें न दो,
जग से कह दो –
दो दिल एक जान हों;
तो सुखी सारा जहान हो।

हजारों दिल, हजारों जान,
न पाए कोई भी मान।
दिल कटे बंटें हों तो
जीने की क्या शान?

आओ, हम भूल जाएं
अलग रास्तों का गुमान,
मिल कर चलें और
लिखें कोई नई दास्तान।

नई डगर

रंग हों
तो हों पलाश के
जो सतरंगी इन्द्रधनुष से
छटा बिखेरते
आसमान में
जो दें जीवन को
आशा की किरण।

मिठास हो
तो हो अमृत सी
जो धो डाले गंगा बन
सारी कड़वाहटें
ज़िन्दगी की
और ले चले नई डगर
प्रकाश की ओर।

यादों के झरोखों से

वो चाहते हैं कि
मैं झाँका करूँ
यादों के झरोखों से!

कैसे कहूँ मैं कि
अब याद नहीं आती
यादों के झरोखों की।

मुझे अब जीना है
आज के पलों की
द्वार खड़ी रचना में।

मुझे अब लिखने हैं
कल के सुनहरे पल
विश्वासों के रंगों में।

चलो, आज एक पेड़ लगाएं!

चलो, आज एक पेड़ लगाएं!
धरती को आभूषण पहनाएं,
हरियाली से उत्फुल्ल सजाएं,
फिर अम्बर को पास बुलाएं!

चलो, आज एक पेड़ लगाएं!
पीढ़ियों को साँसें दे जाएं,
पवन को भी खुशबू दे जाएं.
जीवन को जीवन से महकाएं!

चलो, आज एक पेड़ लगाए!
आशाओं के सुमन खिलाएं,
वातावरण हम सुखद बनाए,
अमृत से हम ज़हर मिटाएं!

चलो, आज एक पेड़ लगाएं!
पेड़ों से विस्तृत उद्यान बनाएं,
कुदरत का परिवार बनाएं,
ख़ुद को, सबको स्वस्थ बनाएं!

स्वप्न और यथार्थ

कुछ बातें सपनों सी हैं,
मन के कोमल भावों सी।
विश्वास सहज है किन्तु
अचंभित रहता है मन।

रे मन! तू क्यों बौराया?
सब कुछ तो बसता यहीं।
सुन्दर भीतर, बाहर सुन्दर
जो तू निज को रखे सुन्दर।

कुछ बातें सपनों सी होतीं
पर यथार्थ से सपने भिन्न कहाँ?
यथार्थ के ताने बाने लेकर
तुम रचते हो स्वप्न यहाँ।

जीवन में सपने बुनना भी
तो जीवन का यथार्थ है।
फिर सपनों सा जीवन रचना
संकल्पित मन का पदार्थ है।

लिखना एक सुरूर है

लिखना एक मुक़द्दम सुरूर है;
गुरूर तो नहीं मगर
अदब की महफ़िल में जाना ज़रूर है।
अपने लिखे अल्फाजों से
मिलता शान्ति का शऊर है।

लिखना एक नदी की कलकल जैसा
जो शब्दों के बहाव में
भावों को किसी दिल के किनारे ले जाए।

लिखना पर्वत की गरिमामयी ऊंचाई जैसा
जो ख़यालों और जज़्बातों को
रूह के किसी फलक तक ले जाए।

लिखना जीवन को शुद्ध सांस देने जैसा
जो जीवन को रौशनी भी दे,
निहायत सादगी से
करते हुए लबरेज़ बना दे;
इबादत से भरपूर।

सब्र और ताक़त

बीच जलज़लों के
मैं खड़ी
अविचल रही,
अविरल रही,
थमी रही, थामे रही;
न डोली, न डोलने दिया।
हर तरफ़
आंधी थी, तूफ़ान था
पर मैं शांत हो
खड़ी रही, थमी रही।
फिर
अंतर की शान्ति का
चक्र कुछ ऐसा चला
कि तूफ़ान भी
थमने लगा;
हर चीज़ को जैसे
किनारा मिला।
जलज़लों के बीच
मैं थमी रही,
मैं जमी रही।

मैं धुरी बन
परिचालन करती रही।
नफ़रत मिली
या मिली
तीखी निगाहें;
हर बात को स्वीकार
मैं करती रही,
प्रेम का सन्देश
मैं देती रही;
फिर
कीचड़ में कमल
पलता रहा, खिलता रहा।
सब्र और ताक़त
मेरी रूह का
करिश्मा करती रही
जब मैं
थमी रही, थकी नहीं।

छोटे छंद
बोलती कथाएँ

माँ ने कहा था

माँ ने कहा था
कभी रोना नहीं मेरे जाने के बाद।
मैंने खूब निभाया वादा और फ़र्ज़;
तुम भी बस करना यही,
निभाना और जीवन के सफ़र में
जीवट से चलते जाना।

चमत्कार की छड़ी

उम्र ढल चली, सांझ की गली
फिर भी हाड़ मांस की गलती पुतली
ढूंढे किसी के आशीर्वाद की छाया
और चमत्कार की छड़ी।

मंज़िल और पड़ाव

अनजान सफ़र में, डगमगाते से
कदम लड़खड़ाते हुए निकल ही पड़े
आखिर एक दिन मंज़िल की तलाश में।
मिले पड़ाव ही पड़ाव और हर पड़ाव में एक मंजिल।

तस्वीर तेरी

हर आहट पे
तेरे होने का गुमां होता है।
न जाने क्या जादू किया तूने?
आँख खुले जब भी मेरी,
दिल चाहे केवल तस्वीर तेरी!

कविता

आंसुओं की हर बूँद
जब मोती बन जाए
तब वह कविता होती है।

बनो कान्हा मेरे!

मैं अबोध नश्वर प्राणी,
नहीं जानूं
इस भाव में चलना।
तुम बनो कान्हा मेरे!
पकड़ो मेरी बांह और
ले चलो तुम्हारी छांह!

मुझे अच्छा लगता है

तुमसे हारना मुझे अच्छा लगता है।
तुम जब जीत कर हँसते हो तो
मुझे मेरे जीतने जैसा लगता है।
तुमसे हारना मुझे अच्छा लगता है।

तुम जीतो, मैं हारूं और
फिर पास बैठ कर तुम्हें चहचहाता देखना और
तुम्हें अपलक निहारना मुझे अच्छा लगता है।
तुमसे हारना मुझे अच्छा लगता है।

तुम्हारा कुछ कहना मुझे बेवज़ह खिजाने के लिए,
फिर अपने पर रीझना, खिलखिलाना और
मेरे तेवर पर छुप कर नज़र रखना मुझे अच्छा लगता है।
तुमसे हारना मुझे अच्छा लगता है।

बातों से बात निकालना, मासूम मुलायमियत से
मुझसे बात करने का बहाना ढूंढना और
मुझ पर ताना कस कर कुनकुनाना मुझे अच्छा लगता है।
तुमसे हारना मुझे अच्छा लगता है।

हरिनाम

मैं धरा पर युग युगांतर से हूँ।
कभी राम या कृष्ण बना,
कभी बुद्ध रूप में अवतरित हुआ;
मेरे और भी रूपाकार हुए।
कोई अब तक जान न पाया
मैं धरा पर कब से हूँ?
अब मैं हूँ केवल हरिनाम;
उसी भाव में आता हूँ;
मैं किसी एक में नहीं,
अनेक में एक बन आता हूँ;
हर रूप में शामिल निरंकार सा छाता हूँ।
मैं धरा पर चिर निरंतर हूँ।
पर देखने को मुझे तड़पे
न जब तक मन जन जन का,
न हटें परतें संसार माया की,
मैं दिखूंगा भी नहीं बिलकुल पास हो कर भी
ज्यों दीखती ना आँख के ऊपर भौंह भी कभी।
तब जान पाएगा कोई कैसे
मैं धरा पर कब से हूँ?
मैं धरा पर चिर निरंतर हूँ।

समंदर की पुकार

समंदर के किनारे मैंने सुना समंदर का सन्देश यह

मैं समंदर हूँ; हूँ अथाह जल प्रवाह,
हूँ अथक अपार शक्ति मैं,
मैं अनंत गहराई और अमित सीमा लिए,
निरंतर बह रहा हूँ,
लहरों के पाँव ले कर चल रहा हूँ।
टकरा कर चट्टानों से
उनको नया रूप देता हूँ,
शीतलता मेरा गुण है,
सबको अपने गले लगाता हूँ,
अपने गेह में नदी दरिया को
अपनों सा मिलाता हूँ।
मैं विशाल भी हूँ, हूँ उदार भी,
ले कर रेत के कण,
मोती उनको बनाता हूँ;
जग के हर छोर को जोड़ देता हूँ,
विश्व को एक सा रसमय बनाता हूँ।
जल-प्राणियों का नीड़ भी हूँ मैं,
परिवहन का मार्ग देता हूँ;
सैलानियों को मौज देता हूँ।

मैंने कहा समंदर! तुम अलौकिक और भौतिक भव्य सुन्दर हो!
ठिठका मौन सा गहरा समंदर और तब
समंदर के किनारे मैंने सुनी समंदर की कातर पुकार

मैं हरता हूँ असुन्दरताएं भी धरा की,
हर तरह का मैल कर्कट अपने में समाता हूँ;
कोई जान पाएगा नहीं कहाँ उसको छुपाता हूँ।
अपनी सीमाओं में मैं सदा रहता;
किसको पता मेरी भी कोई व्यथा है,
मेरी भी कोई बर्दाश्त की हद है।
जब अपनी मौज या खुदगर्ज़ी के लिए
मुझे गंदा बनाते हो, हद से पार जाते हो,
मैं प्रचंड तूफ़ान लाता हूँ,
'सुनामी', 'महा', 'बुलबुल' नाम जो भी धरो तुम
बन कर ध्वंस आता हूँ।
याद रखो मैं समंदर सुन्दर
तुम्हारा मीत ही मानव!
मुझे सुन्दर स्वच्छ रखो
और देखो फिर
मैं दोस्ती कैसी निभाता हूँ!

मेरे बंधन - मेरा दर्शन

मेरे बंधन ही आज़ादी मेरी,
मेरे बंधन अमित प्रीत मेरी।
मेरे बंधन ही मेरी शान हैं,
बंधन जीवन की उड़ान हैं।

बंधन जीवन की सीमा भी,
बंधन मेरे अविरल गति भी।
बंधन मुझको धरती से बांधे,
पर बंधन में मैंने नभ साधे।

मेरे बंधन पहचान मेरी,
मेरे बंधन हैं आन मेरी।
बंधन दर्शन की छाया हैं,
बंधन ज्ञान की काया हैं।

www.ingramcontent.com/pod-product-compliance
Lightning Source LLC
La Vergne TN
LVHW100409051026
849518LV00003B/1211
* 9 7 8 8 1 9 4 4 1 6 7 5 3 *